청어詩人選 111

도정스님 시집

정녕, **꿈**이기에
사랑을 다 하였습니다

청어

정녕, 꿈이기에 사랑을 다 하였습니다

도정 스님 지음

발행처 · 도서출판 청어
발행인 · 이영철
영 업 · 이동호
홍 보 · 최윤영
기 획 · 천성래 ┃ 김홍순
편 집 · 김영신 ┃ 방세화
디자인 · 김바라 ┃ 서경아
제작부장 · 공병한
인 쇄 · 두리터

등 록 · 1999년 5월 3일(제22-1541호)

1판 1쇄 인쇄 · 2013년 7월 1일
1판 1쇄 발행 · 2013년 7월 10일

주소 · 서울 서초구 서초3동 1595-10 봉양빌딩 2층
대표전화 · 586-0477
팩시밀리 · 586-0478

홈페이지 · www.chungeobook.com
E-mail · ppi20@hanmail.net
ISBN · 978-89-97706-61-7 (03810)

정녕, **꿈**이기에
사랑을 다 하였습니다

인생이 유한하지 않다면, 사랑이 유한하지 않다면, 그 소중함을 알까요?

태어났으면 반드시 죽는다는 명제와 인생의 소중함을 생각하고 사랑을 생각합니다.

영원을 노래하는 것이 아니라 사라지는 생명의 소중함을 노래하고 싶었습니다.

머물지 못하고 떠나는 세상의 아름다움을 노래하고 싶었습니다.

사라지기에 아름다운 의미를 갖는 세상에 사랑을 다 하고 싶었습니다.

그리하여 꿈 아닌 것 없는 세상을 사랑하였습니다.

세상이 꿈이듯, 부처도 중생도 꿈이었습니다.

정녕, 꿈이기에 사랑을 다 하였습니다.

그리고 다한 사랑에 머무르지 않고 더 깊은 사랑으로 나가려 합니다.

첫 시집을 부끄럽게 내면서 저는 사랑을 배우는 것입니다.
울어도 아름다울 테니까요.
나는 눈물을 더 이상 두려워하지 않으니까요.
마음껏 아파서 우는 세상이 바로 사랑이니까요.
고마워요.
제가 지금까지 다한 사랑을 받아주세요.
그리고 앞으로 다할 사랑도 받아주세요.

도정

c·o·n·t·e·n·t·s

1 단상(短想)

2 삭발

3 아이의 봄날

4 할매가 설(說)하는 대승기신론(大乘起信論)

• •   정녕, 꿈이기에 사랑을 다 하였습니다

1
단상(短想)

물음과 대답이 헐거운 이유는
애초에 만들지 않은 문에 있었다

나간 것은 반드시 되돌아오는 이치가
안부와는 아무런 상관없이 진행되었다

설중소식(雪中消息)

집 앞 냇가
무색(無色)의 얼음 건져
맛볼 때,

걸어가면 길이 되는
순(純)한 이치를
간밤 내린 눈 위에
산짐승이 일러놓았다.

다비식

불 들어갑니다
큰스님 나오세요

뜨거운 부름과
대답 없는 적정처(寂靜處)

가벼운 바랑 속 목숨
깨어지는 천칠백.*

* '천칠백'은 참선 수행의 화두(話頭)가 천칠백 가지임을 말한다.

기도

누군가를 위해
나를 버린 적이 있는가?

기도란
누군가의 아픔 때문에
내가 병이 드는 것이거늘

누군가의 행복을 위해
내가 사랑이 되는 것이거늘.

어느 장사꾼

해 떴느냐 문 열어라

해 졌느냐 문 닫아라

하루가 백년이고

백년이 하루 같으면

남는 장사 잘했다.

일생을 마치면서는

속았다고 한탄할 일 없이
정말 멋지게 잘 속았다고,
그 속는 재미에
한 세상
시간 가는 줄 몰랐노라고
실컷 웃어야겠습니다

관 밖으로
발 내밀고 가기보다는
기꺼운 웃음소리 남겨두고
온 적 없듯이
훨…… 훨……
가야겠습니다.

가는 임

가시렵니까?

온 적 없다

그렇게 놓으시면

가시는 걱정도 없겠습니다.

남기고 싶은 말

꿈이기에

정녕, 꿈이기에

사랑을 다 하였습니다.

초승달

아깝다
정말 아깝다
아, 아까워서 잠자기는 글렀네
누가 저 달을 저리 베어 먹었나

내 가슴에 지져진
그 사람 흔적.

부고장을 받고서

장자의 호접몽 아니라도
사람의 일생은
부고장(訃告狀) 하나만으로
꿈이 되어버린다

함께했던 추억들이
나의 꿈이었던가
그의 꿈이었던가

필경 세상이 꿈일진대
어디에서 깨어날까?

여의주

여의주(如意珠)라는 보배
애써 찾지는 말아야지

자기가 보고 싶어 하는 모습이거나
비취는 그림자
그것일 뿐이니

남에게서 찾지도 말 것은
자기 것이 아니면 더 볼 것도 없으므로.

이별을 위하여

우리 일생은

온몸을 던져

그 가벼웠던 목숨만큼

사랑이 머물렀다.

아픔에 대하여

아프냐

그냥 아파라

아파도 모르는 것 투성이 세상

위로는 바랄 것도 없으니

위로가 소용되면 아픈 것도 아니니.

마당에 앉아서

꽃은 털끝도 상함 없이 나에게 들고

나는 마음이랄 것도 없이 꽃을 갖는 시간,

햇볕 따사로운 대웅전 앞마당에서

세상은 눈이 부시다.

모르면서

어디서 오셨는지
어떻게 오셨는지
뻔뻔하게 부끄럽게
물어본 적 많았다

어떻게 가는지
어디로 가는지
내 자신도 모르면서.

빈손의 어부

건질 것 없는 바다
폐선만 널브러진 해안
그 많던 말들이 사라진
가난한 섬

빈손으로 돌아가는 어부 노릇
참, 좋구나.

봄

봄 한번 잘 피었다

나도 임의 마음에
봄으로 들고 싶다.

방문(訪問)

오셨습니까
그러면 되었습니다

밥일랑, 잡수고 아닌
접수고 가세요

언덕엔 아지랑이길
그때와 같답니다.

상면(相面)

늘 그 한 점을 알지 못하겠습니다

어느새 벌써,
눈앞에서 당신을

여전히 놓칠 뿐입니다.

해우소에서 1

오늘 할 일은 끝이 났다
내놓은 것들은
고스란히 쌓였고
겨울이 갈고 별러서
얼음창을 세웠다

물음과 대답이 헐거운 이유는
애초에 만들지 않은 문에 있었다

나간 것은 반드시 되돌아오는 이치가
안부와는 아무런 상관없이 진행되었다.

해우소에서 2

힘겨운 숨을 고를 때
능선과 능선 사이에서
산도 황금빛 달을 낳았다

밤안개가 산허리에 감긴다
별이 찡그리듯 가물거린다

내가 시원하거니와
하늘도 시원하다.

못난 놈

같은 놈이
웃었더니
울었다

참,
못난 놈

너를
아파한다

사랑보다 더
아파한다.

수(數)를 잃다

인생이라고는
생각이 정처 없더니
하나 남은 아픈 사랑니
빼고 나니
시원한

제로 세계.

들꽃을 보며

나도 너처럼
어우러져 필 수 있기를

피었다가,
한 세상 원망 없이 다 피었다가
핀 적 없이 가는 마음이기를.

• • 정녕, 꿈이기에 사랑을 다 하였습니다

2
삭발

하늘만 바라보며
팔 벌리고 다 놓아버리는
인고의 오랜 유전(流轉)

그러나 겨울나무는
뿌리도 남기지 않는
운수납자(雲水衲子)의 꿈을 꾸네

상족암 선문(禪門)

바위에 남은 일억 년 전의 족적 말고

그 공룡들의 이름도 말고

일억 년 뒤에 남을 족적이나 이름도 말고

상족암이 할(喝)과 방(棒)을 세운 뒤

한 소리 하라며 밀물 썰물로 묻는다.

산비둘기 사원

산비둘기가 자기 이름을 한자로 염송하는 시간이 있다. 대숲은 오랜 농사일로 척추의 물렁뼈가 닳고 디스크가 돌출해 철심을 넣고는 허리를 굽히지 못하는 노인들이 되었다. 대나무들은 죄송스러워 뻣뻣하게 서서 고개만 연신 조아리며 마른 손을 비비고 향을 올리듯 새벽녘과 밤을 맞아 안개를 피워 올린다. 산머리를 향하여 기원을 올린다.

몇 해 동안 집에 오지 않는 늙어가는 아들의 안부와 더 늦기 전에 며느리를 맞고 손자를 안고 싶은 염원과 사업하는 아들 번창하기를 바라며 운전하는 자식들 안전운전을 기원하는 간절함 등을 산비둘기가 자신의 이름으로 염송한다.

가끔 산비둘기의 간절한 염송은 순교의 역사를 남긴다. 대숲이 된바람에 휘감기고 낡은 헛간이 들썩이는 날, 서까래 성긴 천정에서 살금살금 소리 없는 고양이에게 살점을 내주고 깃털만 불려 나와 허공에 주문을 쓴다.

가끔 산비둘기의 기도에 사심이 붙으면 염부의 사자가

하늘에서 불식간에 덮친다. 대숲을 빠져나와 마당에 널어놓은 곡식을 몰래 탐하다가 때를 기다리던 참매의 습격에 가슴이 패이며 채여 간다.

 제 이름을 제가 염송하는 산비둘기 사원 앞에 살면서 배운다. 진리라는 관념도 구원이라는 간절함도 자기 밖에서 찾아지지 않는 법을.

말이 상처가 될 때

말 속에는 폭력의 도구가 없다. 그러나 그 옆에서 누군가 늘 상처를 입는다. 말에는 칼이나 몽치, 가위나 채찍 등의 상처를 줄 만한 것이 없어도 상처 줄 수 있는 것들이 표현된다. 그러나 표현할 수 있을 뿐, 상처가 될 수 없는 말일 뿐인 말이 마음에서 입을 통해 나오면, 듣는 사람은 다치고 아프고 괴롭다. 고뇌가 된다. 공즉시색(空卽是色)이다.

고뇌는 말 그대로 고통의 괴로움이다. 고통으로 괴로운 세계는 중생의 세계이다. 중생의 세계는 사바세계이다. 사바세계는 고통을 참아낼 수밖에 없는 세계이다. 어쩔 수 없이 고통을 참아내야 하는 세계는 지옥과 맞닿아 있다. 그리하여 칼지옥이든 불지옥이든 모든 지옥의 형태는 고통을 근본으로 갖추고 있는 것이니, 그 시작이 말에서 비롯되어 지옥이 완성된 것이라고 해도 틀리지 않을 것이다.

그러고 보면, 상처가 되는 말 한마디가 입에서 나오면 고통스러운 지옥 하나가 나오는 것이다. 마음에서 상처가 되는 말을 하고 싶어질 때, 지옥을 하나 만들어 상대방에게 선물로 주고픈 것과 같은 것이다. 지옥을 만들어 남에게 주는 사람은 자신도 지옥에 빠지는 말을 선물로 받는다. 내가 상대방에게 지옥을 주고 상대방도 나에게 지옥을 주는 것이다.

　지옥을 선물하는 사람들은 얼마나 불행한 삶을 사는 것인가. 그 지옥 속에서 얼마나 고통을 받아야 벗어날 수 있을까. 아니면 하나의 지옥을 겨우 벗어나자마자 또 다른 지옥을 거쳐야 하는 것일까?

꿈

창을 넘어
멀리멀리
사랑이랑
도망갔지요

달빛 타고
강을 건너
아니 오려
도망갔지요

절뚝거리며
절뚝거리며
맨발로 돌아와
눈물 방을 닦을 제

햇볕이 창살 들고
등짝을 때립니다.

나, 어디 있나

보기만 하면
나는 찾아진다

위 점막 세포 2시간 30분
소화기점액세포 5일
백혈구세포 3~20일
적혈구세포 120~140일
피부세포 15~30일
두피세포 60일
간세포 12~18개월
뼈조직세포 10년
근육세포 15년
대장, 소장 근육세포 15년 9개월
뇌세포 60년
인간 신체의 세포 수명 및 변환 주기 평균 25~30일

매일 죽고
매일 새로 태어나는
나, 어디 있나.

추전역에서

한국에서 제일 높은 역,
가장 높은 또 다른 것도 있을 듯하여
태백선 기차에서 내렸을 때
세상 겸손 표하듯
허리 굽혀 걸어가는 할머니

할머니, 여기 마을이 제법 있나 봐요?
있지, 제법……

근데 중질은 할 만하오?
네……

중질도 제대로 못 하는 게
스님 노릇 한다고 할까 봐
추전역에서는 목소리도 낮아진다.

모르겠습니다

삶을 대하면
바보가 됩니다

어떻게 손을 잡아야 할지
모르겠습니다
정말 모르겠습니다

그냥 늘 미소만 지으며 앉았을까요?
그렇게 밥 먹어도 되는 걸까요?

암자 스님

늦둥이 막내아들
마흔이 다 되어 가는데
장가 언제 갈지 알려 달라는
귀 어두운 꼬부랑 노인네

아휴, 보살님
저도 장가 못 가서
머리 깎고 절에 사는데
어찌 다 알겠어요
기다려 봅시다
외국에서라도 신부를 구해야지요

마을 북산 밑에
암자 스님은
법력이 신통치 않아서
거짓말도 못한다고 소문나
온갖 것을 다 물으러 온다.

겨울나무

할 말이 없네
묵언을 선언하고

다닐 일도 없네
땅 딛고 멈춰 선 채

하늘만 바라보며
팔 벌리고 다 놓아버리는
인고의 오랜 유전(流轉)

그러나 겨울나무는
뿌리도 남기지 않는
운수납자(雲水衲子)의 꿈을 꾸네.

낮졸음

봄볕이 공창(空窓)에 따사롭다

문 열고 팔베개, 턱괴임으로 가만히 밖을 들으려니
산새들이 나뭇가지에 앉아 주어진 생(生)을 잘도 노래한다
바람이 살갑게 와서는 마른 잎 밑으로 슬쩍 손 집어넣고
앞개울 빛 고운 버들강아지는 아지랑이 살랑살랑 흔든다

한눈파는 겨우내 얼었던 밭두둑
허벅지 높이께 황토 속살 설핏 무너지는데
누워 보는 산봉우리 그곳이 게슴츠레하다

새순 돋기 전에 돌 축대 돋우어
묵밭에 씨 뿌릴 일이 까마득한 줄 모르겠느냐만
구들장에 게으른 낮군불 연기 샌다고
언제 깨어났는지 새끼 꿀벌 한 마리가
방 안을 넘나들며 어지럽게 칭얼대다 나간다

한 시름 쩍벌려뜨리고
잡아먹고 싶은 봄날
겨워지는 낮졸음을
죽비로 친다한들

말리기는 어렵겠다

세상 눈치 아랑곳없이 뒹굴뒹굴 거리다
일 없는 하루 해 서산 넘어가고
묏등 위에 달이 밝는대도
에라, 나는 모르겠다.

지독한 사랑

오늘은 갑자기
아주 오랜 과거 수억 겁 동안 잃었던
옛 기억의 사람이 되살아나는 듯

나를 위해 죽어달라는
그 이기적인 말이 듣고 싶어서

나와 함께 죽어달라는
그 간절한 말이 듣고 싶어서

당신이 단장하며
누군가를 기다릴 때

나는 찬물에 머리를 담그고
머리카락이 더 자랄까봐
시린 삭발을 한다.

눈사람과의 대화

1

어제는 하늘이 부서졌는가보다.
눈부신 사금파리 백설이 쌓였다.
베일 듯 눈길을 걷다가
눈사람을 만들고
함께 마주앉아
솔바람 차를 들며 묻는다.

"자네는 얼굴에 왜 눈만 있는가?"
눈사람이 대답한다.
"보는 이에 따라 다르겠지만, 이처럼 아름다운 세상을
보지 못한다면 어떻겠는가."
나는 묻는다.
"자네의 귀와 코, 그리고 입은 왜 없는가?"
눈사람이 대답한다.
"듣고 말하는 것이 감동을 주지 못한다면 무슨 소용이
겠는가. 듣지 못하고 말하지 않아도 얼마든지 감동이
될 수 있지 않은가. 코는 탐욕에 빠지는 문과 같다네."
나는 말한다.
"자네의 두 팔은 왜 있는 것인가?"

눈사람이 말한다.

"자네를 안고 싶기 때문이지."

내가 말한다.

"자네의 발은 왜 없는 것인가?"

눈사람이 말한다.

"언제나 찾아올 수 있도록 하기 위함이지."

내가 말한다.

"참, 엉터리일세. 자네의 생각 속에서 벗어나보게. 언제까지 그 진부한 말이 완전한 진리인 양 갇혀 살려 하는가. 한 마디 더 물어 보겠네. 자네의 가슴은 왜 구멍이 뚫렸는가?"

눈사람이 말한다.

"이 구멍은 자네의 마음을 담는 곳이라네. 마음을 넣어 보시게."

나는 대답한다.

"벌써 넣었네."

눈사람이 대답한다.

"편안하신가? 나는 어떻겠는가."

…….

내 말은 사금파리에 베였다.

2

어느 중이
가슴에 구멍을 쳐다보더니
아무리 해도 마음 넣을 길이 없다며
눈사람에게 힐문하였다.

"깨달음이 무엇인지 말해보게."
눈사람이 묵묵부답이자 재차 힐문한다.
"깨달음이 무엇인지 말을 해보시라니까."
눈사람이 대답한다.
"무엇이 깨달음인지 보다는 어떻게 사느냐가 중요하다네."
중이 또 힐문한다.
"자네의 깨달음을 말해보라니까. 말을 해봐."
눈사람이 대답한다.
"들을 귀를 내놓게!"

그 중이 발걸음을 돌려 사라진 뒤
동해에서 올라온 따뜻한 겨울비가 사흘에 걸쳐 내렸다.
눈사람은 관도 없고 내놓을 발도 없이
잘 가셨는가 보다.

장미의 유언

누군가 몹시 아프다.
유마거사(維摩詰)도 병이 났다.

아무도 찾지 않았던 나의 침상은 차라리 풍요롭다. 나
의 병명은 호사스럽다. 퇴원하던 옆 침대 환자가 두고
간 장미 한 송이, 화병 속에서 곧 운명을 맞을 참이다.
장미는 희미한 향기를 힘겹게 뿜으며 떨어지는 한 장의
꽃잎과 함께 유언을 전해왔다.

중생이 아파서 병든 유마,
그 유마가 병들어 나는 죽는다.

달리트 사도 1

그러고 보니, 내가 지나가는 길을
돌아보면서 갈 길은 아니 보고
엉덩이로 길을 가리키며
지나온 길과
부끄러운 발자국을
자꾸만 달리트*가 되어
쓸며, 쓸며 가는 것이다

조상으로부터 이어 받아
자식의 자식에게 대물림하며
마음까지 쓸고 닦는
타고난 도인
달리트 사도가 되는 것이다.

*달리트(dalit): 인도의 최하층 신분인 불가촉 천민

달리트 사도 2

어느 꽃이 아니 그렇겠는가마는
말라 죽을 힘을 쏟아서
땅바닥에 몸을 낮추며 피는 꽃이 있다

진창길도 물러나 꽃이 피었다
마른 길도 비껴나 꽃이 피었다
동네 길도 담벼락 밑에 꽃이 피었다
농삿길도 밟힐 듯이 묻혀 꽃이 피었다
시멘트 길도 틈바구니 비집고서야 꽃이 피었다

함부로 밟고 밟아도
흙바닥에 엎드리고 또 엎드리며
허연 머리카락 다 빠지면
허리까지 기꺼이 부러뜨렸다
내려다보는 모든 이에게
하얀 얼굴로 고개를 조아리고
노란 얼굴로 환히 웃어내었다

현생의 낮은 마음
내생까지 이어 잇고
자식까지 갖고 가도

원망도 눈물도 잊은 민들레,

그 민들레의 숭고한 다른 이름
달리트.

겨울바람이 불어 닥치다

1

초목을 쓰러뜨릴 듯
무정한 뒷모습
분에 못 이겨
파도 같은 능선 타고 불어 닥칩니다

평온하던 시간들이
낡은 양철지붕을 지탱하던
부식된 못 사이에서
자꾸만 덜컹거립니다

반쯤 열어놓은 문 밖으로
낙엽이 쓸려 흩어지고
나는 한 발도 내딛지 못하였습니다

먹구름은 빈 댓돌을 기어이 덮고
찬비 맞은 먼 데 송전탑 전깃줄만
외소리로 빈 계곡을 따라 건넜습니다.

2

돌아선 모습만 남아
한숨 같던 하루가
첩첩 쌓이고 있었습니다

알고는 있었습니다
믿음에 다짐을 두었습니다
못난 놈, 야속한 놈, 원망하면서
오랜 묵정밭에 서성였습니다

모로 누운 낙엽송을 괜스레 건드리다가
"정령은 다른 곳으로 옮기시라. 죄송하지만, 소승이 땔감
합니다. 나무관세음보살."
고하고서, 돌아볼 것 없이
싹둑 잘랐습니다

삼한을 채우려는지
칼날 같은 바람이
눈보라를 얼굴에 끼얹을 때
저놈은 바람을 잘도 타듯이
언 개울을 성큼 건너오고 있었습니다.

대한(大寒)으로 가는 길

대한으로 가는 길은
한 치도 앞이 없었습니다
내밀 틈 하나 없었습니다

된바람이 몰려오는 밤이면
밖으로 난 길을
조금씩 지웠습니다

서리서리 빈손의 달빛만
말 못할 대답으로
아득한 밤을 넘어 갔습니다.

솔바람 차(茶)

눈 내린 후
바람 숲을 거닐면
입김을 뜨겁게 불며 차를 마신다
볼에는 금세 발갛게 겨울 꽃이 핀다
채신없는 두 손을 잡고서 김을 쐰다

차 한 잔을 마시노라면
산바람은 소나무 숲이 받쳐 든
은 싸라기를 하늘에 흩뿌린다
잔설의 향연이 펼쳐진다
차향이 코끝에서 살아난다

어느 성인이 차를 마시며 은산(銀山)을 넘어 갈 것이다
장삼자락 뚫린 소매 속에는
가난한 이들에게 나눠줄
은 싸라기를 가득 담고서

한겨울의 솔바람 차 한 잔을 마시면
폐부에서 새파란 싹이 돋는다
맑은 겨울에 담긴다
솔향이 된다
세상에 퍼진다.

떡이 없다

옛날에 있잖은가. 옛날 옛적에 호랑이가 떡 하나 주면 안 잡아 묵지. 그랬잖은가. 그런데 말일세. 그게 말일세. 나는 줄 떡이 없단 말일세.

내친김에 떡 얘기 하나 더 하지. 옛날도 아니지만, 암튼 옛날에 내가 존경하는 큰스님께서 핸드폰으로 문자를 처음 배워서 아는 스님들께 떡을 돌리셨다지. 문자로 떡을 돌리셨는데, "나한테 세상에서 가장 맛있는 떡이 있는데 먹어봐. 옜다. 떡!" 이러셨다지? 그런데 말일세. 나는 그 큰스님처럼 나눠줄 떡이 없네. 세상에 나눠줄 떡이 없다는 말일세. 아, 나는 왜 이 모양인가.

달맞이꽃

눈 앞에
달이 떳다구요?
몸둘 바를 몰랐습니다

내가 그대를 밝힌 게 아니라
그대의 밝음으로 인해
환히 떠올랐을 뿐이지요

서토(西土) 가는 하늘 길은
길이라 할 것도 없으니
언덕 위의 달맞이꽃
당신 얼굴에 가득합니다.

고드름

댓돌 위에 고드름이
산산이 부서진다

세상은 어느새 유리세계(琉璃世界)

유리관음(瑠璃觀音)이 오시려나
산바람은 유리(琉璃)를 쓸고
낙수는 영락(瓔珞)이 된다

고드름이 댓돌 위에 떨어진다

산승은 조심스러워
숨소리도 멈춘다.

말아야지

돌멩이 안 움직였다
그런데, 산을 옮겨?
믿음이 있으면 물론 옮긴다
실천하는 믿음이 있으면
돌멩이 움직인다
날아도 간다
그렇게 실천을 믿어야 하는 것이지
말은 믿을 게 못 되는 놈이지
말씀이 살아 있어서
세상이 된 게 아니라
실천된 것이 말씀인 게지
홍해는 말만 해도 갈라졌던데?
신기하네…… 아무튼,
석가모니가 80년을 살지 않았다면
정말 잔소리만 해댔다면
글쎄…… 돌도 웃었겠다
산은 '커녕' 했겠다
서산 용현리 마애여래삼존상이 그래서 웃었나?

에이,
말을 말아야지.

소를 잡는 밤

밤 아홉 시
이를 것도 없는 저녁 공양 후 출출했는지
두 스님이 내 방으로 찾아와
공론을 붙인다

대중이 원하면 소도 잡는다던데……

오늘밤,
내가 소 잡는 공양주가 되었다
일회용 부탄가스를 꺼내고
밀가루 반죽을 하고
설탕을 소로 넣어 식용유에 굽자
소 한 마리는 약석(藥石)이 되었다

돌아가는 뒷모습들이 한 번 더 소를 잡을 요량이다
허연 밀가루 봉지가 반쯤 맥이 풀렸다.

달과 스님

희끗희끗 눈 덮인 미답의 가르마 타고
젖무덤 능선 오르면 가슴 여는 안개 숲
좌선 튼 외딴집 한 채 이 빠진 문창은 아려

촛불만 서성이다 된서리 맞이할 때
잎 떨군 늙은 감나무 매달린 홍시들은
임 찾던 숫한 나날들 떫은 시간 그리워

소나무 참나무 사이 집 앞 냇가 맑은 물,
둥근 얼굴 단장하고 먼 밤길 사뿐, 사뿐히
별 기척 하나 없이 가려고 밤바람 물리는데

한철 나러 들어온 저 훤한 젊은 스님
밤기운도 안 차나 방문 활짝 열어놓고
내 얼굴 빤히 올려보더니 애틋하게 한숨짓네.

봄날

정오의 봄볕이 따뜻하니 참 좋소
할 말은 두시고 세상을 들으오
새소리 다투어 노는 아지랑이 언덕길

흘러가는 계곡물에 욕심껏 갈증 풀고
보석 같은 햇살도 마음껏 건져가오
담아도 풀어 놓아도 줄거나 늘 리 없소

불이문(不二門) 앉아서 먼 산을 재어보오
솟았다는 말보다 한가롭게 누웠소
승속(僧俗)을 함께 안으려 꽃 요람을 베풀었소.

눈싸움 하자
−보정 스님에게

친구야
눈싸움 하자

작대기 선 그어 놓고
금 밟기, 넘어오기
없기로 하고

겨울 하늘
쩡− 하고 갈라질 듯이
너와 나를 나눈들 어떠냐

언 손을 맞잡으며 구들장에 녹이면
뜨거운 차 한 잔에서
어릴 적이 되살아나고

아궁이 소식도
토닥토닥−
우스운 옛말 할 게다.

봄을 먹고 싶다

호미질 한 번에
봄 냉이가 한 뿌리

호미질 한 번에
달랭이가 서너 뿌리

보리밥 향긋한 된장국에
시장기를 비볐으면

손 닿으면 참나물
눈 돌리면 취나물

앉으면 땅나물
일어서면 덩굴나물

한갓진 산골 오두막
봄볕도 무쳤으면.

산 옆구리 무너졌지

산 옆구리 무너졌지
무너지는 그 소리에
얼마나 다행스럽나
문 닫고 울었어도
인생은 무너진 만큼
고만큼만 돌아보지

의도가 있었대도
계곡 얼음 풀리는 걸
무슨 수로 막았겠어
업어서 건네주듯
사랑이 부족하였을까
두려운 한 가지일세

서로가 상처 받는
사소한 과정초차
남은 삶의 방향을
온통 바꾸어 버리네

제자리 돌아가는 건
흔적 없는
무심(無心)뿐이지.

힘을 들다

한량없는 자비심으로
모든 생명 대하는 것이

한결같은 마음으로
일체 중생 공경함이

깨달은 삶이라는데
정말로 가능한 일일까

'이 뭐꼬' 나 해야겠다
'무(無)' 자나 해야겠다

하마사, 이것마저
억지로는 힘이 든다

하려는 그 생각을 못 놓아
한 마음이
힘이 든다

힘을 드는 것은 어떤가?

힘을 드는 수행은
힘을 더는 일이라서

힘이 들 필요도 없이
오로지 그냥 하는 것,
오롯이 갈 뿐이니.

부처님 오신 날

시골 작은 암자

소박한 관욕대 앞으로

사랑을 초대하나니

향탕수로 씻는 것은

때 없는 본래 면목.

3
아이의 봄날

숨이 가쁜 긴 잿길
엄마를 부르며
아이가 코피를 터뜨렸지요.
없는 엄마 보고파서
조막손으로 코를 때렸어요.
진달래 걸판스런 길놀이 따라
봄날이 다 가도록.

모정의 원천

모정을 파고드는 봄비에
할매는 우산을 쓰고 밖으로 나가
옥수수 알갱이 서너 알씩을
황토 이랑 따라 조근조근 물려주었다

봄 가뭄 적시는 비가 오면서
할매의 쪼그라진 젖가슴도 호미질 따라 부풀고
풍요로운 젖을 물고 텃밭에 돋아난 새싹들은
고 작은 잎들을 옹알옹알거린다
돌아볼 때마다 부쩍 자라는 것들에게 홀려서
할매는 봄을 잃어도 아쉬울 리 없다

여름이 오면
밖에 걸어 둔 가마솥 뚜껑에서
덜큰덜큰한 옥수수 삶는 열기가 푹푹 솟을 것이다
손자들 헤벌린 한입 속
모정의 원천이 샘솟고
할매의 부지런한 부채바람을 쐬며
옥수수 알갱이들의 찰진 웃음처럼
함박으로 정이 터질 것이다.

할미꽃 구경

관절염에 툭툭 불거진
손가락을 내밀며
삐침도 잘하던 우리 할매

허리 숙이고 돌아앉아
애인 비위 맞추기보다
더욱 조심스럽던
무덤가 꽃구경.

살면서는 모르지

먼 여행길 돌아 문 여니
노인네, 웃음 반 눈물 반
세상 피로 반은 반가움에 풀리네
같이 따라온 상처
말이 필요 없는 법이지

우리 노인네 버릇,
상 앞에서 뭐가 그리 필요하겠나
먹다가도 덜 꺼낸 것 자꾸 찾아온다
남기면 정이 아니라
다 쏟아 붓고 나도 왔는가봐

허허한 밥 한 끼
드셨나 몰라
거기 햇볕 좋은 못
때 없는 물길
그런 인생, 살면서는 모르지.

여시에 홀린 날

여시라 하더니,
그 여시에 홀린 날
밑천 다 드러나
무덤을 팠더랬네

앉아도 누워도
달 쳐다보기 서러워
한 낮 당기기도 부끄러워
삿갓문 닫아걸고
콩알, 판 위에서
헤아리던 할매 그리워졌지

간장밥 한술 뜨고
봄볕 아래
쪼그리다
쪼그리다
졸음까지 골라내던
더 여시 같던
관절염

홀려서 파던 무덤,
그 속에
아주라도 눕고 싶네.

철쭉제

산마다 불났네
불이 붙었네

아물지 못할 상처가
다 번졌네

치마저고리 다 태우고
꽃신도 다 태우고

봉긋한 젖가슴
건너 묏선 달덩이까지

붉게 태우다
아주 태우다

눈물 같은 녹음 속에서
그리운
엄마.

남섬부주(南瞻部洲)

송전탑 30번과 31번 사이가 물러날 곳 없이 팽팽하다. 가파른 협곡을 두고 겹겹의 고달픈 줄다리기다. 바람이 세찬 날이면 당기는 줄마다 온갖 인연의 전류에 갇혀 벗어날 길 없는 존재의 슬픈 노래가 울려 나온다. 29번은 능선 너머로 머리만 내민 채 힘겨운 줄들을 잡아당기고 32번은 보이지 않는다. 1번이 어디에서 시작되었는지 이곳에서는 도무지 알 수가 없다.

산 너머 산이 암시하는 마지막 번호를 기도하며 찢기는 양팔을 견뎌내야만 하는 모든 송전탑들의 남섬부주(南瞻部洲) 시간, 우리는 그 아래 낮게 머문다. 더 이상 산으로 오르지도 못하고 벗어나지도 못하는 마을. 멀리서 보면 온통 묶인 몸을 어쩌지 못하는 촌집들만 양지쪽마다 노인들의 허리춤을 붙들고 앉았다. 마을을 얼기설기 묶어 놓은 줄들은 어느 송전탑이 꽁무니에서 뽑아낸 것인지 노인들은 알지 못한다. 다만 부모로부터 떨어진 할미 손의 응석받이 가오리연만 목이 감겨 벗어나려 뱅글뱅글 몸부림치고 있을 뿐이다.

노인들은 돼지고기와 소주와 떡을 앞에 두고 남섬부주를 떠나는 노인 한 명을 배웅하는 중이다. 무덤너머

송전탑 번호는 아무도 신경 쓰지 않는다. 지금까지 몇 해나 생명줄을 잡고 견뎠는지 알 뿐이다. 몇몇은 다투며 그 얽긴 줄을 얘기한다. 전깃줄에 묶인 집을 떠나며, 삶을 지탱해준 질긴 인연의 끈을 끊으며, 자유로울 줄 알았던 한 노인. 염습에 열두 매듭 꽁꽁 묶이고, 상여 줄에 관마저 묶인 채 산으로 끌려갔다. 그 다음은 누가 또 이 노인을 묶어서 끌고 가려나. 절도 마을도 사람도 모두 묶여 꿈쩍 못하는 남섬부주. 올려다보니 솔개 한 마리 허공에 떠 전깃줄에 몸통이 썰려도 피 한 방울 흘리지 않고 산을 유유히 넘는다.

아이의 봄날

부잣집 쌀가마니 풀어 놓고 전(電), 운(雲), 풍(風), 우(雨), 길놀이, 마당놀이 벌어지겠다. 예년처럼 어느 재미난 시러베아들이 이 여편네 저 여편네 신명난 엉덩이를 더듬으며 불뚝불뚝 뛰어다니려나. 저 처녀는 사과살 허벅지를 선듯선듯 또 비춰주겠다. 꽹과리 앞서면 다른 치배들이야 두말할 필요도 없고, 막걸리는 나팔소리에 동나고, 열두 발 상모놀이 땅을 치고 하늘도 휘감겠다. 물어 보자. 축원이냐? 노작이냐? 연희냐?

길베 가름도 없이 저승을 부르오.
어산작법(魚山作法) 청(請)을 가다듬고
요령잡고 한(恨)길 지우며
진령게(振鈴偈) 경면주사(鏡面朱砂)로 쓰듯이 읊으오.
지(知)도 사(辭)도 땅바닥에 휑하니 풀고,
놀아라. 죽은 아이야.
산 아이는 예수재(豫修齋)가 어떠오?

삼일에 하나씩은 죽는 걸요.
다시 부활도 없어요.
머릿속에서 여과기를 틀지만
생활은 백점병(白點病)이 생겼어요.

박테리아 활성제를 넣어주세요.

"짐승의 혼(魂)은 땅으로 가고, 사람은 영(靈)은 하늘
로 간다."며 혼과 영을 떼어놓고, 꿈을 남의 손에 맡긴
사람들은 말씀에 감격하였다. 말씀의 세상은 저가 숭
상하는 것만을 그리고 뛰어넘으라고 말씀하신다. 말씀
들이 베풀어 놓은 놀이판에 한번 끼어봄도 좋겠기에,
징을 쳐라. 장구채를 휘둘러라. 말씀하시니, 따라가며
어느 것을 넘겨 드릴까. 금강(金剛)떡을 줄까? 꽃을 왕
창 꺾어 약(藥)으로 입에 넣으랴. 아니면, 약(約)으로 갈
라진 혓바닥에 발라 줄까?

숨이 가쁜 긴 잿길
엄마를 부르며
아이가 코피를 터뜨렸지요.
없는 엄마 보고파서
조막손으로 코를 때렸어요.
진달래 결판스런 길놀이 따라
봄날이 다 가도록.

아름다운 지옥으로

그럼에도 불구하고
당신을 사랑하지 아니하고서는
사랑을 받지 아니하고서는
살아가는 의미를 도무지 찾지 못하겠네

미움이 못내 미움이 되려 하면
사랑 받지 못하여 보다는
사랑하지 못하여 생겼으면 좋겠는데
상처도 지워지지 않을 상처가 되려면
다 주지 못한 정이었으면 참말로 좋겠는데

사랑을 다 주지 못한 병의 고통으로
내가 죽어야 한다면
아름다운 지옥으로 갈 텐데.

고양이 사랑

밤을 틈타
젖먹이 유괴해 놓고 벌이는
싸움 치열하기가
이 정도는 돼야 사랑이라
말하려는지 부서질 듯
헛간이 불안하다

수놈을 향해
독설보다 독한 속내로
발정기 숨기지 못하는 날
날카로운 암놈 발톱도
사랑에는 씨알 안 먹히나보다
놈에게 꺾였나보다
한 바탕 전쟁이 잠잠하다

쥐 소리 벌써 다 죽어버린
밤 깊은 사랑싸움은
잡혀온 아기만 울다 만
자취 없는 완전 범죄.

춘삼월 첫 봄비

자정을 넘기면서
콩새들이 떼로 내려앉았다

담장을 몰래 넘어와
창을 가볍게 두드리며 부를 때
떨리던 첫 순결이다

아, 밤이 새도록 품고 싶었던.

비 오는 섬진강

오백오십 리 섬진강이
아라랑
철철철
제 맺힌 것 풀어내고
세대와 세대의 굴곡을
몸으로 써내려 간다

한 때의 비가 그 위에
자신의 이름으로
고정(固定)의 안부를 묻는다

머리를 물속에 밀어 넣은
역류에 갇힌 사체 한 구
남북으로
동서로
끝나지 않는
전생의 물음표를 찾는다

죽은 새의 의문 속에서
스스로 목을 조르고
빤히 역사의 노정을 보면서

백비(百非)에 빠지는 이성(理性),

그 파편들이 사구에 밀리고 쌓여도
섬진강은 끝끝내
골마다 아라랑
두물머리 철철철
모두 다 안고
바다로
바다로 간다.

석양에 동백꽃을 줍다

하루를 무사히 잘 끌고
뜨는 해 하늘 건너
황소걸음으로 수평선 닿을 무렵
바라보는 인생, 아주 황홀해진다

이렇게 화려한 적이
살면서 있었던가 싶게
그래, 잘 살아 있었구나 하고
잠시 할 말 잃어버린다

비로소 사랑도 알게 되는
여기, 가져갈 것도 없이
버릴 것도 없이
생각 생각이 저토록 벌겋게
모가지 채로 똑, 떨어진다

다만, 떨어진 그 삶 한 송이 주워
주머니에 넣어보고, 허무의 가죽주머니
살펴보면, 향기 한번 맡고
감당 안 되게 일렁이는
죽은 같은 바다

석양은 멀찌감치
섬 하나 던져놓고
없었던 일로 돌아가는 것이다.

암탉이 되어

아들 셋에 딸이 둘인
다복한 집에 들렀다가
괜히 혼자서 자꾸
실실거리는 웃음 참지 못하고
체신 때문에
혀 깨무는 것은

자식에 손자들 사진까지
거실 벽에 유정란으로 줄줄이 걸렸고
마당 한쪽
닭장의 씨암탉들마다
매일매일 새벽부터 되뇐다는
혼잣소리 또 들렸기 때문인데,

꼭꼭꼭꼭 꼬오옥
꼭꼭꼭꼭 꼬오옥……

이 집 대주 닮은 늙은 수탉만
횃대 위에서 못 들은 척 딴청이라
더 우스운 것이다

그래서
혀 깨물고 난
그 순간,

줄(卒)…… 줄(卒)…… 줄(卒)……

생기지도 않은 뱃속 알에게서
소리를 들어버리는
암탉이 되어

탁(啄)…… 탁(啄)…… 탁(啄)……

허공을 쪼아보고,

꼬꼬꼬꼬 꼬오옥
꼬꼬꼬꼬 꼬오옥……

무언가 몹시 그리워
따순 봄볕을 빤히
내 안에 들여놓고 보는 것이다.

뜨겁고 싶었네

멕시코에 푸른발얼가니새가
변변치 못한 얼간이도 아니고
얼간 녀석도 아니라는구면
이사벨 섬의 로아체 나무숲에 쌍쌍으로 사는데,
아, 낭만적인 꿈을 꾸었고
낙망할 만큼 우리들의 숲 속에 살고 싶었네
절망을 떨구며 계곡을 오르내렸어도
협곡에 갇혀 보는 하늘이 작았어도
소중한 것 품으며 멕시코처럼 뜨겁고 싶었네
겨울은 그리하여 빈 둥지만 품고 뜨겁게 아팠었네

아, 이사벨 섬의 로아체 나무숲,
파도는 흰 포말의 띠를 두르고
능선과 계곡에 짐승들의 이야기를 숨겨 두었지
발을 절뚝거리며 바다에 올랐던가 하늘을 내렸던가
늘 푸른빛 물이 몸에 들었지
파도를 향해 달려갔던 섬이 넘실거렸어
그러나 푸른발언간이새에게 뜯긴 달은
떠오르다 해초에 묶인 채 수면에 갇혔어
의미 잃은 달이 우리를 얘기하다 지쳐서 울지 않았던가
섬도 바다도, 낙망할 만큼 살고 싶은 숲도

멕시코처럼 뜨겁고 싶었네
내 안에 있다는 말은 말아
지난겨울을 저버린 말이네.

기억의 편린

바닷물이 예전과 같은 빛깔인지 확신할 수 없지만 그 바닷가 모습은 한 세대를 거치며 생소하게 변모되었다. 방파제와 콘크리트 접안시설은 맨발로 뛰어다니던 모래사장을 지워버렸다. 뭍에서 떨어져 겨우 살아남은 갯바위가 파도에 씻긴다. 갯바위는 여윈 듯 햇살에 까맣게 빛난다. 그 근처 울렁울렁 밝은 웃음들은 여전히 기억 속에서 영롱하게 반짝이고, 구릿빛 피부의 한 사내의 노 젓던 조각배도 그물의 벼릿줄 따라 얼렁얼렁 어깨춤을 추는데……

고향 바닷가의 해는 처음부터 벙어리였다. 내 어릴 적 성게 알 까서 일본 보내던 그 전부터 벙어리였고, 달도 귀먹었다. 그리하여 한 때 이 해변에는 벙어리 귀머거리 사랑이 깨진 술병처럼 뒹굴렸었다. 음력 이월 초하루, 풍어제의 밤이 있던 날은 어촌의 사내란 사내는 모두 술에 취해 벙어리 귀머거리가 되어 알아듣지 못할 소리들을 질렀었다. 동동주 쌀알 하나가 밤새 아내의 폐를 하얗게 녹일 때까지 그 기침소리 제대로 듣지 못한 귀머거리 바보 같은 한 사나이가 있었다. 별안간의 이별 앞에 벙어리 소리로 자지러지던 어린 사내아이가 있었다. 그 옛날, 하룻밤 새 죽음을 앞둔 아내를 삼발이

차에 싣고 읍내로 갔다 손 놓고 돌아온 사내가 병으로 자신의 마지막을 예감하던 날, 눈으로 청춘의 한때를 쓰다듬던 어촌은 빛바랜 채 여전히 벙어리 귀머거리로 일렁거렸었다.

　사내아이가 중년을 지나며 찾아온 바다는 백화현상으로 허옇게 새었다. 어뜹뜰한 해초마저 듬성듬성 여위었다. 가물거리는 그때의 얼굴들도 이 바다 앞에서 남아나지 못하고 부서진다. 인어 같던 여인의 흑백사진 한 장과 바다의 심연을 안으려던 한 사내의 환히 웃던 그 얼굴 구릿빛이 수면 위에서 잘게 잘게 바스러뜨려지고 있다. 어릴 적 불던 그 바람이 먼발치 갈매기의 희미한 인사 같다. 아린 가슴팍 은비늘 한 조각의 상처를 쓰다듬고 지난다. 찰나 속 너무 긴 인생의 안부를 전한다.

오버랩

반달곰 반달 가슴팍에다 호스를 꼽아 놓고 돈지랄을 하는 사람들이 아랫도리 힘내려고 쪽쪽 쓸개 빨아먹었다는 옛날 뉴스가 생각나는 것은 고로쇠 물을 앞에 두고서다. 내가 무슨 지랄병 났다고 나무에 호스를 꼽아 놓고 그 수액을 달게 마시려는지. 한때 어르신들이 밀수입한 사카린, 화학식 기호 C7H5NO3S 엷게 타 놓은 듯한 물을 맛있다며, 입가 훔치며 마시려는지.

사람은, 아니 모든 생명은 다른 생명을 먹고 사는 거라고. 소, 돼지나 새, 물고기들만 생명이 아니라 푸성귀도 생명이고 눈에 보이지 않는 숱한 것들 그 소중한 생명을 먹고 사는 거라고. 맹자와 양혜왕의 대화처럼 눈으로 보고는 차마 죽이지 못하는 마음으로 모든 생명을 먹고 모든 생명이 죽는 게 너무나 지극한 당연이라고 스스로 변명하고 때로는 생각 없이 잘도 먹는데.

봄날 햇볕, 겨울 이겨낸 상처럼 받으며 물 좀 올려 싹 좀 내려는데, 고로쇠나무에 밑구멍을 뚫고 갈라터진 피부 속 골수의 그 단물을 모르쇠 빨아 먹어서야 마음이 영 편치가 않다. 한 사발 단맛 속에 생각지도 못했다. 반달곰 쓸개가 웅왈웅왈(熊曰熊曰) 튀어나올 줄.

때가 되면

게으른 장마 겨우 간
아침 이슬 스러지기 전
문득, 생의 놀이판이 벌어졌습니다

뙤약볕 앞둔 밭고랑에서
물 댄 논두렁에서
뒷산 참나무 군락지에서

이놈 저놈 구분이 뭔 대수겠어요?
저마다 제 소리 하나씩 챙겨 나왔으니
듣고 부르면 이름입니다

수풀이든 도랑이든
잠시 제 사는 곳일 뿐입니다
걸진 소리로 놀다 때 되면 갈 겁니다.

· · 정녕, 꿈이기에 사랑을 다 하였습니다

4

할매가설(說)하는
대승기신론
(大乘起信論)

1

　내가 사는 암자에서는 한문을 쫄쫄 읽는 중이 가장 어리석어서 한글도 못 깨친 나이 팔십 넘은 공양주 할매에게 '대승기신론(大乘起信論)'을 배운다. 빗방울이 떨어질 때가 되서야 겨우 알아차리고 비설거지를 하는 '상사각(相似覺)'[1] 중이 기미도 안 보이는데 널어놓은 빨래를 걷고, 장독 덮고, 호미며 살림살이 챙기는 깊은 수행력인 신경통과 관절염의 '수분각(隨分覺)'을 배운다. 그래도 한심스런 중이 몰라서 헤매면 자명종도 없이 누가 깨우지도 않는 새벽, 딱 그 시간이면 일어나 젊은 중 밥을 안치는 '일념상응(一念相應)'과 '득견심성 심즉상주(得見心性 心卽常住)'[2]의 변함없는 상차림으로 대승보살의 '구경각(究竟覺)'을 말없이 실천해 보이는 것이다.

---

1) '상사각'은 거친 분별로 집착하는 모습을 떠났으므로 '비슷한 개침'이라 한다. '수분각'은 분별하는 거친 생각의 모습을 떠났으므로 '나름대로 깨침'이라 한다. '구경각'은 마음의 성품을 보아 늘 머무는 것을 '끝까지 깨침'이라 한다.
2) 마음 성품을 볼 수 있어서 마음이 곧 늘 머물러 있을 수 있는 상태.

2

    거실에서 무심히 자리 펴놓고 무심한 두부콩을 무심히 가리고 계신 무심에 빠진 할매 앉은 자리 위에는 무심한 시계가 무심한 초침으로 무심한 숫자를 가리키며 무심히 돌고 무심히 큰 현관 유리창으로 바라본 무심한 마당에는 무심한 햇볕이 무심히 내리쬐고 무심한 축대에 무심히 기댄 무심한 불두화는 무심히 피어 무심한 고개고개를 무심한 조선시대 불상의 무심한 미소처럼 지으며 무심히 앞으로 수그린 채 무심한 삼매에 드는데 무심한 나비는 무심한 불두화에 무심한 날갯짓으로 무심히 꿀을 빨다 무심히 휘청대며 날다 자취 감추고 무심한 새 한 마리 무심한 불두화 나무 위로 무심히 앉아 무심하게 지저귀자 무심한 새 또 한 마리 무심하게 뒤좇아 와 무심하지 않은 듯 무심히 그 옆에서 무심히 지저귀다 무심히 날아가고 무심한 축대 위 산비탈 무심한 대나무 이파리들은 무심한 바람에 무심히 흔들리다가 때때로 무심한 햇볕을 반사하는 무심한 발광을 내고 무심한 처마 끝에 무심한 풍경은 무심히 땅거랑땅거랑거리고 조금 멀리 도라지꽃 무심히 핀 텃밭 귀퉁이 무심한 노란 민들레꽃과 함께 무심히 여물고 있는 무심한 민들레 씨앗들이 무심한 바람이 불 때마다 무심을 밑에 달고 무심한 공간으로 무심한 바람을 타고 무심히 날리기 시작하는데……

그러고 보니, 거실에서 콩을 고르며 할매가 이르고 있는 것은 '약유중생 능관무념자 즉위향불지고(若有衆生 能觀無念者 則爲向佛智故)'[3]의 가르침이다. 무심한 제 모습, 제 소리, 그리하여 무념(無念) 아닌 법계(法界)가 어디 있기라도 했단 말인가. 망심(妄心)을 떠나면 공(空)이라고 할 것도 없는 이치다(若離妄心 實無可空故).

3) 어떤 중생이 능히 생각이라고 할 것이 없음을 관찰할 수 있다면 곧 부처님의 지혜에 나아가는 것이라고 한다.

3

아침을 먹고 나자 할매가 불현듯, 나보고 검침 받으러 가란다. 한 달에 한 번 전기 계량기를 검침한다는 말이야 자주 듣는 말이고, 농촌이라 육 개월에 한 번 마을 공동수도 검침했다는 말도 듣던 말이고, 가스보일러 가스 떨어졌는지 살펴보라는 말을 검침해보라는 말로 듣기는 했어도 갑자기 나보고 검침 받으라니 알딸딸 헷갈릴 수밖에 없다. 귀 어두운 할매에게 그게 무슨 소리냐고 몇 번을 되묻고 자초지정을 들어보니 건강보험공단에서 하는 건강검진 얘기다. 그렇지. 나도 벌써 쓸만큼 썼으니 검침은 받아야겠지. 몇 키로 왔는지, 그 거리쯤은 자꾸 되새겨야 남은 거리 가늠하고, 한정된 남은 양이나 대충 짐작하겠지. 그래야 저승에서 고지서 날려 보내듯 날 찾아오겠지. 아침은 거르랬다는데 어쩌나. 이 검침 내년으로 미뤄야 할 핑계는 할매 기억력의 한계에 맡겨둬도 되는데. 덜컥 빚 받으러 사자가 일찍 오겠다고 하면 어쩌나 걱정하면서…….

문득, 쓸데없는 걱정에 또 속았구나 싶어 할매를 쳐다봤다. '약망념식 즉지심상생주이멸 개실무상(若妄念息 卽知心相生住異滅 皆悉無相)'[4]의 논구가 사는 것과 죽을 때를 구분하지 않는 이치로 할매의 일상에 말없이 녹아있다.

---

[4]만약 망념을 쉰다면 곧 마음의 생기고, 머물고, 달라지고, 사라지는 모습이 모두 다 모습이 없는 것임을 알게 된다.

4

손 없는 날을 잡아 장을 담가야 한다며, 관절염 툭툭 불거진 손마디를 내밀며 메주를 씻어달라는 할매. 그냥 아무 날이나 일하기 좋은 날 하면 되지 그러냐는 뭘 모르는 젊은 중을 향해 혀를 끌끌 차며 시키는 대로 하라신다. '이일체심식지상 개시무명(以一切心識之相 皆是無明)'[5]의 한 방을 먹이신 것이다. 장독을 닦고 메주를 씻고 광에서 간수 빠진 굵은 소금을 내어 무명천에 소금을 퍼 담아 물을 부어 녹였다. 날계란이 동전 만하게 떴다. 혹시 모를 찌꺼기는 무명천이 거르고 시간은 소금의 불순물을 가라앉혔다. 맑은 소금물만 따로 항아리에 덜어내어 씻어 놓은 메주를 넣자 빨간 고추 다섯 개, 숯덩이 세 개도 항아리 목구멍에 차오른다. 할매가 행주로 얼마나 매매 닦았는지 항아리 뚜껑이 눈부신 금강검 날빛이다. 한 번도 떠난 적 없는 본래의 모습이 햇빛에 번뜩였다.

'약인수념진여 불이방편종종수 역무득정(若人雖念眞如 不以方便種種修 亦無得淨)'[6]의 논구 이치를 할매가 장을 담그며 항아리 뚜껑을 들어 보이고 한 마디 하신 것이다.

---

5) 일체의 마음과 인식하는 현상이 모두 무명(無明; 근본적인 어리석음)이다.
6) 어떤 사람이 비록 진여(眞如; 법성 도는 보편적 진리)를 생각할지라도 방편을 가지고 가지가지 닦지 않는다면 깨끗할 수가 없다.

5

    할매는 시간만 나면 장독대로 가서 정성스레 독을 닦는다. 먼지를 닦듯이 '삼독(三毒)'[7]도 닦는지, 일생(一生)까지 끙끙거리며 헹구어 낼 요량이다. 헹구고 헹구어도 행주의 땟물은 좀처럼 빠지지 않는다. 대야의 물은 염정(染淨)의 형태만 바뀌었을 뿐 그 습성(濕性)은 변함없을 것임을 안다. 때라는 것도, 깨끗하다고 여기던 행주도 속성이 바뀐 것은 없다. 변하는 마음도 마음을 떠난 마음은 아니다.

    '여시중생자성청정심 인무명풍동 심여무명구무형상 불상사리 이심비동성(如是衆生自性淸淨心 因無明風動 心與無明俱無形相 不相捨離 而心非動性)'[8]의 논구가 할매의 발길에 뻔질난 장독대에서 빛을 발한다.

---

7) 탐심과 성내는 마음과 어리석은 마음.
8) 중생 스스로의 성품과 깨끗한 마음이 무명(無明; 근본적 어리석음)의
    바람으로 인해 움직이지만 마음과 더불어 무명은 형상이 없고 서로
    를 버리지 않기에 마음은 움직이는 성질이 아니다.

6

    젊은 중이야 오일에 한 번 돌아오는 시골 장날이 별스러울 게 없는데, 할매 마음은 새벽부터 들뜬다. 오늘은 목욕탕에 들렀다가 미용실에서 파마도 할 모양이다. 평일 한가로울 때 가서 하지 꼭 복잡한 장날에 하려느냐는 핀잔에도 뭘 그리 살 것도 많고 할 일도 많은지 계집아이처럼 부산스럽다. 거울을 보면서 숱 없는 머리카락을 걱정하기에 장에 가서 늙은 영감이라도 데려오라고 하니 얼굴을 붉히며 손사래를 친다. 마을버스를 타고 시장에 간 할매가 보던 거울을 혼자 남아서 본다. 거울에 있던 할매 얼굴이 간 데 없으니 '여실공경원리일체심경계상 무법가현 비각조의고(如實空鏡遠離一切心境界相 無法可現 非覺照義故)'[9]의 논구요, 거울에 할매가 들어간 적도 없고 나온 적도 없으니 '실어중현불출불입 부실불괴 상주일심(悉於中現不出不入 不失不壞 常住一心)'[10]의 논구이다. 참빗살에 눈 어두운 머리카락 몇 올의 자취로 할매는 가르침을 남기고 장에 가신 것이다.

---

9) 실로 허공 같은 거울은 일체의 마음 경계의 현상을 떠나서 볼 수 있는 법도 없고 깨달아 비추는 것도 아니다.

10) 모두 그 가운데 드러나게 해도 나간 것도 아니고 들어간 것도 아니며 잃어버리거나 없어진 것도 아니어서 늘 한결같은 마음에 머무른다.

7

나이가 들어서 그런지 자꾸 잊어먹는다고 할매는 웃
으며 말한다. 뜰아래채에 물건을 가지러 갔다가 뭣 하
러 왔나 섰다가, 다시 되돌아 왔다가, 한참 만에 문득
기억이 나서 다시 가지러 간다는 것이다. 전에는 밤늦
게 버스에서 내렸는데, 암자로 오는 길을 잊어먹어 우
두커니 섰는데 강씨네 개(진순이)가 쫄래쫄래 길을 앞서
인도하기에 따라 왔다는 것이다. 치매가 걱정스러워
지금은 괜찮으냐는 물음에 집에만 있는데 길 잃을 일
이 뭐가 있겠냐고 하신다.

그렇다. '유여미인 의방고미 약리어방 즉무유미 중
생역이 의각고미 약리각성 즉무불각(猶如迷人 依方故迷
若離於方 則無有迷 衆生亦爾 依覺故迷 若離覺性 則無不覺)' [11]의
논구다. 사람들마다 길 위에서 길을 찾는 일이 어제 오
늘 일이었던가.

---

[11] 만약 사람이 길을 잃었다면 방향 때문에 길을 잃은 것이다. 만약 방
향을 떠난다면 잃어버린다는 것도 없으니 중생도 역시 그러하다. 깨
달음에 기대기 때문에 미혹하게 되나니 만약 깨닫는 성품을 떠난다
면 깨닫지 못한다는 것도 없는 것이다.

8

  나이가 들면 섭섭한 일이 자꾸 목에 걸리나 보다. 할매는 쉽게 삐치기도 하거니와 한번 삐치면 말을 끊고 밥상머리에서도 돌아앉아 먹는다. 안 그래도 입이 짧아 매운 것, 비린 것, 기름진 것 못 먹고 틀니라서 딱딱한 것도 못 먹는 양반이다. 토라져서 물밥에 간장을 콕콕 찍어 먹는 걸 보니 눈치 없는 중이 된 자신이 한심스럽다. 밖에 나갔다가 오면 복숭아 통조림이라도 사 들고 와야 하는데 그냥 털레털레 돌아온 오늘 같은 날이면 지난날 섭섭한 일까지 덧붙어 토라진다.

  이런 날이면 할매가 중생심을 몸소 드러내어 '상속상 의어지고 생기고락각 심기염상응부단고(相續相 依於智故 生其苦樂覺 心起念相應不斷故)' [12]의 논구를 가르치신다. 과거에서 현재로, 그리하여 미래로 끊어지지 않고 '불각망려(不覺妄慮) 하는 기념상속(起念相續)' [13]을 드러내는 것이다.

---

12) 서로 이어가는 현상은 아는 것에 의지하기 때문에 고통과 즐거움과 알아차림이 생기고 마음에 생각을 일으켜 상응하면서 끊이지 않는 것이다.
13) 깨닫지 못하여 망령된 생각들이 생각들을 다시 일으켜 끝없이 이어지는 현상.

9

사람이 늙으면 소화기능도 서러운 이유가 된다. 할매
의 잦은 소화불량은 나이보다 서럽다. 먹는 것이 시원
찮은 줄 알건만, 중완을 비롯한 소화기 기본 혈자리를
지압해주며 농 삼아 맛난 거 숨겨놓고 혼자 먹지 말라
고 해본다. 할매는 새침데기 젊은 아낙처럼 뭐 먹을 게
있어야 숨겨두고 먹을 게 아니냐며 뽀로통하다. 움직
이지 말라고 엄포를 놓고 할매 골리던 재미도 이제는
아프게 돌아온다. 늙은 몸이 안쓰러워 마음을 편히 가
지라고 위로하며 발을 조물조물 만져주니 할매가 한
말씀 하신다. 절에 사는데 마음 안 편할 게 있나. 극락
이 마음에 있다던데…….

허, 그렇다. '삼계허위 유심소작 이심즉무육진경계
(三界虛僞 唯心所作 離心則無六塵境界)'14)의 이치를 꿰뚫었
으니 무슨 극락을 따로 찾겠는가. 할매의 한 마디에 원
효스님도 유구무언이겠다.

---

14) 삼계(三界; 욕계, 색계, 무색계)가 헛되고 거짓이니 오직 마음이 만
   든 것이어서 마음을 떠나면 육진경계(눈, 귀, 코, 혀, 신체, 의식의
   대상)도 없다.

10

할매가 거실에서 드라마를 보며 콩나물을 다듬다가 혀를 끌끌 찬다. 요즘 젊은 가시나들이나 머슴애들은 왜 저리 말도 빨리하고 성질도 잘 내고 고함도 잘 지르고 이혼도 잘하는지 모르겠단다. 그러고 보니 가끔 할매 옆에서 말동무하며 보던 드라마가 대부분 그렇다. 극중 인물의 감정을 지나치게 극단적으로 몰고 간다. 그래서 많은 사람들이 자신만의 감정에 극단으로 치우쳐 이혼도 쉽게 하고, 자살률도 세계 최고가 됐는가 싶다. 가슴이 꽉 멘다. '의제범부취착전심 계아아소(依諸凡夫取著轉深 計我我所)'[15]의 논구처럼 집착을 놓지 못하는 것이다. '차식의견애번뇌증장의고(此識依見愛煩惱增長義故)'[16]의 논구처럼 보고 듣는 것이 그러니 생활도 더욱 그렇게 될 수밖에 없음을 할매가 넌지시 이른 것이다. 진흙에 물들지 않는 연꽃 소식이 빛나는 계절이다.

---

15) 여러 범부가 집착하는 것이 더욱 심해지는 것으로 나라는 생각과 내 것이라는 생각을 한다.
16) 보는 데 의지하여 애착과 번뇌가 더욱 자라난다.

11

산개구리 산새 닮은 목소리로
뒷산에서 밤을 맞아 울어댄다.
개구리 봄을 맞아 울건만
할매 손목은 삭풍처럼 저리고
마른 싸리나무 같은 손가락은
관절염에 자꾸만 꼬부라진다.
이 싸리나무 같이 여윈 손이
험한 세월, 누군가에게는 촘촘한 울타리였으리라.

암고양이가 헛간에서 우는 저녁
쥐가 다리에 옮겨 붙었다.
잠 못 자고 천정을 두드리듯
할매는 마른 북어 같은 종아리를 밤새 주무르고 앉았다.
이 북어처럼 야윈 종아리가
힘겨운 시절, 누군가에게는 단단한 버팀목이었으리라.

한 집안의 살림밑천이었다가
한 집안의 울타리이자 버팀목이었다가
노구 속에 일생의 불평마저 곰삭히고
지금에 고요히 머무는 할매.

'무명의자 명위지애 능장세간자연업지고(無明義者 名爲
智碍 能障世間自然業智故)' [17]의 논구를 보건대,

자연스럽기보다 세월과 합치되어
천연스러운 할매의 지혜 속에서
'무명의(無明義)'란 있겠는가.
'유의법력자연수행(唯依法力自然修行)' 18)의 논구 적용이
따로 필요하겠는가.

17) 무명의(無明義; 근본적인 어리석음)란 지혜에 장애가 있음을 말하는
   데, 능히 세상의 자연스럽게 이뤄지는 지혜를 장애한다.
18) 오로지 법력에 의지하여 자연스럽게 하는 수행.

12

매화꽃이 지고서
봄마저 간 줄 알았더니
벚꽃 불은 젖가슴 기어코 터지고
살구꽃에 꼬물꼬물 벌들이 칭얼댑니다.

봄의 유전 속에서
몇 천 겁의 선행이어야
날 때마다 꽃들은 향기인가요.

그 꽃향기 흠향하며
꽃모종을 심는 할매,

몇 생의 공덕이었기에
일생을 꽃으로 사시면서
꽃들을 또 심으시나요.

계절이 오갈 때마다
할매 가슴은 더욱 깊어지고
손자들이 품에 뛰어들며
그 향기를 맡는 것은
어느 훈습의 대물림인가요.

'훈습의자 여세간의복실무어향 약인이향이훈습고(熏習

義者 如世間衣服實無於香 若人以香而熏習故 則有香氣)'[19]의 논
구를 되뇌면서 제 냄새를 맡아 보는 날.

19) 훈습(熏習; 영향을 받는다는 것)이라는 것은 세상에 있는 옷에 사실
은 향기가 없다고 할 것인데 어떤 사람이 향기의 영향을 주게 되면
옷에 향기가 배게 되는 것이다.

13

할매가 텃밭에 무씨를 뿌린다.
쇠스랑으로 땅을 복두고
속이 빈 놈의 씨
더 이상 찰 수도 없는
그 완벽의 씨를
밭에 조심으로
조심조심히 뿌린다.

밭은
햇볕의 인연과
바람의 인연과
알맞은 비의 인연과
어느 썩어준 거름의 인연으로
완벽한 산실이 된다.
수많은 인연과 인연이
무의 씨를 안아 들인다.

무가 싹이 나면
무심이 인연의 땅에서 일어나면
무명(無明)이 아니라
그 발화는
무의 밝음이 되겠다.

할매의 손에서 뿌려진
완벽하게 갖춰진 씨앗 속내가
무와 인연의 조화가
전생과 현생과 내생에 이르기까지
'종본이래 자성만족 일체공덕 소위자체유대지혜광명
의고(從本已來 自性滿足 一切功德 所謂自體有大智慧光明義故)'
[20] 시원하고도 알싸한 동일의 생 맛을 이루겠다.

[20] 근원으로부터 오면서 스스로의 성품에 일체의 공덕이 가득하게 있
   으니 자체적으로 큰 지혜 광명이 있음을 말한다.

14

    암자 시멘트 마당 군데군데 갈라진 틈새에서는 민들레며 겨울초, 상추, 심지어 도라지까지 대를 올리고 꽃을 피운다. 텃밭에 물을 주면서 할매는 시멘트 갈라진 틈마다 비집고 올라온 구사일생의 생명들에게도 잊지 않고 물을 준다. 텃밭보다 오히려 물을 더 많이 부어준다. 따가운 햇볕 아래 최악의 조건에서 싹을 틔우고 생명을 이어가는 것들에게서 공출의 배고픔과 전쟁의 기억을 더듬으며 자꾸 불쌍하다 말하는 것이다. 이 생명들이 꽃을 피우고 기어코 씨를 맺을 때까지 할매는 거르지 않고 물을 준다. 불쌍해하는 마음 놓지 않고 기어코 그 씨까지 받아다 텃밭에 뿌린다. 할매를 보면서 '발대자비 수제바라밀 섭화중생 입대서원 진욕도탈등 중생계(發大慈悲 修諸波羅密 攝化衆生 立大誓願 盡欲度脫等衆 生界)'[21]의 논구 속에 있던 여래의 마음도 함께 엿본다.

---

21) 큰 자비를 드러내어 여러 바라밀을 수행하여 중생을 보듬어서 교화하되 똑같이 중생의 세계를 남김없이 제도하여 해탈케 하려는 큰 서원을 세운다.

15

　연꽃이 피었다. 할매는 연꽃을 보고 서서는 '예쁘다', '참 곱다'는 감탄을 하고 또 하다가 집으로 들어갔다. 어리석은 내가 연 밭에서 연꽃이 흙탕물에 물들지 않는 평범한 이치를 생각하며 꽃 색에 취하고 흙탕물에 취해 앉았노라니 할매가 '저녁 먹으러 안 들어오고 뭐하냐'고 야단이다. 그제야 '당지염법정법개실상대 무유자상가설(當知染法淨法皆悉相待 無有自相可說)' 22) 기억해 내는 것이다. 흙탕물이 더럽다는 생각과 연꽃이 물들지 않았다는 생각도 놓고 쫓기듯 들어가는 것이다. 본래부터 스스로 열반이었다(從本已來自涅槃故).

22) 당연히 더러운 법과 깨끗한 법이 모두 다 상대적인 것과 자신만의 고유한 현상이라고 말할 것이 없음을 알아야 한다.

16

할매의 평상심은 텃밭에 있다.
봄비에 맞춰 씨를 뿌리더니
볕드는 때를 따라 지심(地心)을 맨다.

텃밭에 씨를 뿌리고
밭을 매고
거둬들이는 이치로 하면
신수의 점수(漸修) 게송이 옳고

씨를 뿌리고 가꾼다고 하여도
그 씨를 키우는 조건이
억지나 작위(作爲)가 아니며
자연의 이치에서 한 발짝도 벗어날 수 없으니
혜능의 오도송이 옳다.

할매의 평상심은 점오(漸悟)를 나누기 전인 지관(止觀)의
텃밭에 있다.
 '약지관구족 즉무능입보리지도(若止觀不具 則無能入菩提
之道)' 23)의 논구가 텃밭에서 넉넉하다.

23) 만약 지관(止觀; 마음이 어지럽지 않도록 하고, 올바른 지혜로 현상
    을 보는 것)을 갖추지 못하면 보리(菩提; 깨달음의 지혜)의 도에 들
    어갈 수 없다.

17

할매가 법당 문 반개한 햇살로 들어
서방정토 아미타불을 염하신다.
나이 탓인지 좌복 탓인지
편히 앉았어도 발에는 쥐가 들고
염주 돌리는 손가락이 자꾸 꼬부라진다.
몸을 움직일 때마다
할매는 죄송스럽고
나무아미타불 목소리는 법당에 더욱 그윽하다.

죽음보다 나이가 걱정스러운 날
자그만 법당 안은 할매의 극락세계다.
아미타불이 입과 마음에 자리하시고
눈으로 친견하는 모습은
법당에 모신 관세음보살이다.

사바세계를 떠나지 아니하고도
'상견어불영리도(常見於佛永離道)' 24)의 논구 이치가
다기에 청정수로 찰랑거리고
촛불에 동화되어 눈을 밝히고
향이 되어 퍼진다.

24)늘 부처님의 번뇌를 완전히 떠난 도리를 본다.